1998—2006
"中华古诗文经典诵读工程"顾问
（以姓氏笔画为序）

王元化·汤一介·杨振宁·张岱年·季羡林

"中华古诗文经典诵读工程"指导委员会

名誉主任◎南怀瑾

主　　任◎徐永光

"中华古诗文经典诵读工程"全国组委会

主　　任◎陈越光

总 策 划 ◎ 陈越光

总 创 意 ◎ 戴士和

选　　编 ◎ 中国青少年发展基金会

注　　音
　　　　　◎ 中国文化书院
注　　释

　　　　　　尹　洁（子集、丑集）　刘　一（寅集、卯集）

注释小组 ◎ 杨　阳（辰集、巳集）　丛艳姿（午集、未集）

　　　　　　黄漫远（申集、酉集）　方　芳（戌集、亥集）

注释统稿 ◎ 徐　梓

文稿审定 ◎ 陈越光

装帧设计 ◎ 陈卫和

十二生肖图绘制 ◎ 戴士和

诵　　读 ◎ 喻　梅　齐靖文

　　　　　　陈　光　李赠华　黄　丽　林　巧　王亚苹
审　　读 ◎
　　　　　　吕　飞　刘　月　帖慧祯　赵一普　白秋霞

中华古诗文读本

酉集

中国青少年发展基金会　　编

中国文化书院　注　释

陈越光　总策划

中国大百科全书出版社

致读者

这是一套为"中华古诗文经典诵读工程"而编辑的图书，主要有以下几个特点：

1. 版本从众，尊重教材。教材已选篇目，除极个别注音、标点外，均以教材为准，且在标题处用★标示；教材未选篇目，选择通用版本。

2. 注音读本，规范实用。为便于读者准确诵读，按现代汉语规范对所选古诗文进行注音。其中，为了音韵和谐，个别词语按传统读法注音。

3. 简注详注，相得益彰。为便于读者集中注意力，沉浸式诵读，正文部分只对必要的字词进行简注。后附有针对各篇的详注，以便于读者进一步理解。每页上方标有篇码。正文篇码与解注篇码标识一致，互为阴阳设计，以便于读者逐篇查找相关内容。

4. 准确诵读，规范引领。特邀请中国传媒大学播音主持艺术学院的专家进行诵读。正确的朗读，有助于正确的理解。铿锵悦耳的古诗文音韵魅力，可以加深印象，帮助记忆，从而达到诵读的效果。

5. 科学护眼，方便阅读。按照国家2022年的新要求，通篇字体主要使用楷体、宋体，字号以四号为基本字号。同时，为求字距疏朗，选用大开本；为求色泽柔和，选用暖色调淡红色并采用双色印刷。

读千古美文　做少年君子

20多年前，一句"读千古美文，做少年君子"的行动口号，一个"直面经典，不求甚解，但求熟背，终身受益"的操作理念，一套"经典原文，历代名篇，拼音注音，版本从众"的系列读本，一批以"激活传统，继往开来，素质教育，人文为本"为己任的教师辅导员，一台"以朗诵为主，诵演唱并茂"的古诗文诵读汇报演出……活跃在百十个城市、千百个县乡、几万所学校、几百万少年儿童中间，带动了几千万家长，形成一个声势浩大的"中华古诗文经典诵读工程"。

今天，我们再版被誉称为"经典小红书"的《中华古诗文读本》，续航古诗文经典诵读工程。当年的少年君子已为人父母，新一代再起书声琅琅，而在这琅琅书声中成长起来的人们，在他们漫长的一生中，将无数次体会到历史化作诗文词句和情感旋律在心中复活……

从孔子到我们，2500年的时间之风吹皱了无数代中华儿女的脸颊。但无论遇到什么，哪怕是在历史的寒风中，只要我们静下心来，从利害得失的计较中，甚至从生死成败的挣扎中抬起头来，我们总会看到一抹阳光。阳光下，中华文化的山峰屹立，我们迎面精神的群山——先秦诸子，汉赋华章，魏晋风骨，唐诗宋词，理学元曲，明清小说……一座座青山相连！无论你身在何处，无论你所处的境遇如何，一个真正文化意义上的中国人，只要你立定脚跟，背后山头飞不去！

陈越光

2023 年 1 月 8 日

★陈越光：中国文化书院院长、西湖教育基金会理事长

激活传统　继往开来

21世纪来临了，谁也不可能在一张白纸上描绘新世纪。21世纪不仅是20世纪的承接，而且是以往全部历史的承接。江泽民主席在访美演讲中说："中国在自己发展的长河中，形成了优良的历史文化传统。这些传统，随着时代变迁和社会进步获得扬弃和发展，对今天中国的价值观念、生活方式和中国的发展道路，具有深刻的影响。"激活传统，继往开来，让21世纪的中国人真正站在五千年文化的历史巨人肩上，面向世界，开创未来。可以说，这是我们应该为新世纪做的最重要的工作之一。

为此，中国青少年发展基金会在成功地推展"希望工程"的基础上，又将推出一项"中华古诗文经典诵读工程"。该项活动以组织少年儿童诵读、熟背中国经典古诗文的方式，让他们在记忆力最好的时候，以最便捷的方式，获得古诗文经典的基本熏陶和修养。根据"直面经典、有取有舍、版本从众"的原则，经专家推荐，我们选编了300余篇经典古诗文，分12册出版。能熟背这些经典，可谓有了中国文化的基本修养。据我们在上千名小学生中试验，每天诵读20分钟，平均三五天即可背诵一篇古文。诵读数年，终身受益。

背诵是儿童的天性。孩子们脱口而出的各种广告语、影视台词等，都是所谓"无意识记忆"。有心理学家指出，人的记忆力在儿童时期发展极快，到13岁达到最高峰。此后，主要是理解力的增强。所以，在记忆力最好的时候，少记点广告词，多背点经典，不求甚解，但求熟背，是在做一种终生可以去消化、理解的文化准备。这很难是儿童自己的选择，主要是家长的选择。

有的大学毕业生不会写文章，这是许多教育工作者不满的现状。中国的语言文字之根在古诗文经典，这些千古美文就是最好的范文。学习古诗文经典的最好方法就是幼时熟背。现在的学生们往往在高中、大学时期为文言文伤脑筋，这时内有考试压力，外有挡不住的诱惑，可谓既有"丝竹之乱耳"，又有"案牍之劳形"，此时再来背古诗文难道不是事倍功半吗？这一点等到学生们认识到往往已经晚了，师长们的远见才能避免"亡羊补牢"。

读千古美文，做少年君子。随着"中华古诗文经典诵读工程"的逐年推广，一代新人的成长，将不仅仅受益于千古美文的文学滋养——"天下为公"的理念；"宁为玉碎，不为瓦全"的风骨；"先天下之忧而忧，后天下之乐而乐"的胸怀；"富贵不能淫，贫贱不能移，威武不能屈"的操守；"位卑未敢忘忧国"的精神；"无为而无不为"的智慧；"己所不欲，勿施于人""己欲立而立人，己欲达而达人"的道德原则……这一切，都将成为新一代中国人重建人生信念的精神源泉。

愿有共同热情的人们，和我们一起来开展这项活动。我们只需做一件事：每周教孩子背几首古诗或一篇五六百字的古文经典。

书声琅琅，开卷有益；文以载道，继往开来！

陈越光

1998 年 1 月 18 日

★陈越光时任中国青少年发展基金会社区文化委员会主任、中国文化书院副院长。

与先贤同行　做强国少年

中华优秀传统文化源远流长，博大精深，是中华民族的宝贵精神矿藏。在这悠久的历史长河中，先后涌现出无数的先贤，这些先贤创作了卷帙浩繁的国学经典。回望先贤，回望经典，他们如星月，璀璨夜空；似金石，掷地有声；若箴言，醍醐灌顶。

为弘扬中华民族优秀传统文化，让广大青少年汲取中华优秀传统文化的养分，中国青少年发展基金会遵循习近平总书记寄语希望工程重要精神，结合新时代新要求，在二十世纪九十年代开展"中华古诗文经典诵读活动"的基础上，创新形式传诵国学经典，努力为青少年成长发展提供新助力、播种新希望。

"天行健，君子以自强不息；地势坤，君子以厚德载物。"与先贤同行，做强国少年。我们相信，新时代青少年有中华优秀传统文化的滋养，不仅能提升国学素养，美化青少年心灵，也必然增强做中国人的志气、骨气、底气，努力成长为强国时代的栋梁之材。

郭美荐

2023 年 1 月 16 日

★郭美荐：中国青少年发展基金会党委书记、理事长

目录

目录

目录

目录

1

《论语》三章

一

子曰："恭而无礼则劳①，慎而无礼则葸②，勇而无礼则乱，直而无礼则绞③。君子笃于亲，则民兴于仁；故旧不遗，则民不偷④。"

选自《泰伯篇第八》

二

子曰："知⑤者不惑，仁者不忧⑥，勇

---

①劳：劳苦。 ②葸：畏惧，胆怯。 ③绞：急切偏激。 ④偷：人情淡薄。 ⑤知：聪明的人。 ⑥忧：忧虑。

zhě bú jù
者不惧⑦。"

xuǎn zì　　zǐ hǎn piān dì jiǔ
选自《子罕篇第九》

三

zǐ yuē　　jūn zǐ hé ér bù tóng　　xiǎo rén tóng ér
子曰:"君子和而不同,小人同而
bù hé
不和。"

xuǎn zì　　zǐ lù piān dì shí sān
选自《子路篇第十三》

⑦惧:畏惧。

《老子》二章

一

为学①日益，为道②日损。损之又损，以至于无为，无为而无不为。

取③天下常以无事，及④其有事，不足以取天下。

选自《下篇德经四十八章》

二

勇⑤于敢⑥则杀，勇于不敢则活。此两者，或利或害。天之所恶，孰知其故？

---

①为学:求学,求知。 ②为道:悟道。 ③取:治理,摄化。

④及:等到,至于。 ⑤勇:勇气。 ⑥敢:逞强。

2

shì yǐ shèng rén yóu nán zhī
是以圣人犹难之。

tiān zhī dào　　bù zhēng ér shàn shèng　　bù yán ér shàn
天之道，不争而善胜，不言而善

yìng　　bú zhào ér zì lái　　chǎn rán ér shàn móu　　tiān wǎng
应，不召而自来，绰然⑦而善谋。天网

huī huī　　shū ér bù shī
恢恢⑧，疏而不失。

xuǎn zì　　xià piān dé jīng qī shí sān zhāng
选自《下篇德经七十三章》

---

⑦绰然：坦然、宽缓的样子。　⑧恢恢：广大，宏大。

《孟子》二则

一

孟子曰:"三代之得天下也以仁,其失天下也以不仁,国之所以废兴存亡者亦然。天子不仁,不保四海;诸侯不仁,不保社稷;卿大夫不仁,不保宗庙①;士庶人不仁,不保四体。今恶死亡而乐不仁,是由恶醉而强②酒。"

选自《离娄章句上》

---

①宗庙:这里指采邑(封地)。　②强:勉强。

二

故士穷不失义，达不离道。穷不
失义，故士得己③焉；达不离道，故民不
失望焉。古之人得志泽加于民；不得
志修身见于世，穷则独善其身，达则
兼善天下。

选自《尽心章句上》

---

③得己：自得。

4

《礼记》一则

大学之法，禁于未发之谓豫①，当其可之谓时，不陵节而施之谓孙②，相观而善之谓摩。此四者，教之所由兴也。

发然后禁，则扦格而不胜；时过然后学，则勤苦而难成；杂施而不孙，则坏乱而不修；独学而无友，则孤陋而寡闻；燕③朋逆其师；燕辟④废其学。此六者，教之所由废也。

---

①豫：防范，预防。　②孙：通"逊"，有顺序。　③燕：亵狎。
④辟：同"譬"。

君子既知教之所由兴，又知教之所由废，然后可以为人师也。故君子之教喻⑤也，道而弗牵，强而弗抑，开而弗达。道而弗牵则和，强而弗抑则易，开而弗达则思。和⑥易⑦以思，可谓善喻也。

学者有四失，教者必知之。人之学也，或失则多，或失则寡，或失则易，或失则止。此四者，心之莫同也。知其心，然后能救其失也。教也者，长善而救其失者也。

善歌者，使人继其声；善教者，

⑤喻：晓喻，开导。　⑥和：融洽。　⑦易：安易。

使人继其志。其言也约而达⑧，微而臧⑨，
罕譬而喻，可谓继志矣。

君子知至学之难易，而知其美恶⑩，
然后能博喻。能博喻，然后能为师；
能为师，然后能为长；能为长，然后
能为君。故师也者，所以学为君也。是
故择师不可不慎也。记曰：三王四代
唯其师，此之谓乎。

选自《学记》

---

⑧约而达：简约而透彻。 ⑨微而臧：精微而完善。 ⑩美恶：资质才
能的差异。

《韩诗外传》一则

韩婴

孔子观于周庙，有敧①器焉。孔子问于守庙者曰："此谓何器也？"对曰："此盖为宥座②之器。"孔子曰："吾闻宥座之器，满则覆③，虚则敧，中则正，有之乎？"对曰："然。"孔子使子路取水试之，满则覆，中则正，虚则敧。孔子喟然而叹曰："呜呼！恶④有满而不覆者哉！"子路曰："敢问持满⑤有道乎？"

---

①敧：倾斜。　②宥座：指座位的右边。宥，通"右"。
③覆：底朝上翻过来。　④恶：哪里。　⑤持满：对待满的状态。

孔子曰："持满之道，抑而损之。"子路曰："损之有道乎？"孔子曰："德行宽裕者，守之以恭；土地广大者，守之以俭；禄位尊盛者，守之以卑；人众兵强者，守之以畏；聪明睿智者，守之以愚；博闻强记者，守之以浅。夫是之谓抑而损之。"《诗》曰："汤降不迟，圣敬日跻。"

《归去来兮辞·序》★

陶渊明

余家贫，耕植不足以自给。幼稚①盈室，瓶②无储粟，生生所资，未见其术。亲故多劝余为长吏，脱然③有怀，求之靡途。会有四方之事，诸侯以惠爱为德，家叔以余贫苦，遂见用于小邑。于时风波④未静，心惮远役，彭泽去家百里，公田⑤之利，足以为酒。故便求之。及少日，眷然⑥有"归欤"之

---

①幼稚：幼儿。 ②瓶：瓦瓮，这里指米缸。 ③脱然：不经意的样子。④风波：指战争。⑤公田：供俸禄的田。⑥眷然：怀念的样子。

情。何则？质性自然，非矫厉⑦所得。饥
冻虽切，违己交病。尝从人事⑧，皆口
腹自役。于是怅然慷慨，深愧平生
之志。犹望一稔⑨，当敛裳宵逝。寻
程氏妹丧于武昌，情在骏奔，自免去
职。仲秋至冬，在官八十余日。因事
顺心，命篇⑩曰《归去来兮》。乙巳岁
十一月也。

---

⑦矫厉：勉强，做作。 ⑧人事：出仕。 ⑨一稔：一年。稔，庄稼成熟。 ⑩命篇：拿起笔来写文章。

7

《文心雕龙·情采》节选

刘勰

圣贤书辞，总称文章，非采①而何！夫水性虚而沦漪②结，木体实而花萼振，文附质也。虎豹无文③，则鞹④同犬羊；犀兕⑤有皮，而色资⑥丹漆，质待文也。若乃综述性灵⑦，敷写器象，镂心⑧鸟迹之中，织辞鱼网之上，其为彪炳，缛⑨采名矣。故立文之道，其理有三：一曰形文，五色是也；二曰声文，

---

①采：文采，本篇多用以泛指艺术形式。　②沦漪：水的波纹。
③文：这里指虎豹皮毛的花纹。　④鞹：没有毛的皮革。　⑤犀兕：似牛的野兽。犀是雄的，兕是雌的。　⑥资：凭借。　⑦性灵：人的思想感情。　⑧镂心：指精心推敲。镂，雕刻。　⑨缛：繁盛。

五音是也；三曰情文，五性是也。五色杂而成黼黻[10]，五音比[11]而成韶夏，五情发而为辞章，神理之数也。

《孝经》垂典，丧言不文；故知君子常言未尝质也。老子疾伪，故称"美言不信"；而五千精妙，则非弃美矣。庄周云"辩雕万物"，谓藻饰也；韩非云"艳采辩说"，谓绮丽也。绮丽以"艳说"，藻饰以"辩雕"，文辞之变，于斯极矣。研味李、老，则知文质附乎性情；详览庄、韩，则见华实过乎淫侈。若择源于泾渭之流，按辔[12]于邪

---

[10]黼黻：古代礼服上绣的花纹。　[11]比：配合。　[12]辔：马缰绳。

7

正之路，亦可以驭文采矣。夫铅黛所以饰容，而盼倩生于淑姿；文采所以饰言，而辩丽本于情性⑬。故情者，文之经；辞者，理之纬。经正而后纬成，理定而后辞畅，此立文之本源⑭也。

---

⑬情性：作品中所表达的思想感情。 ⑭本源：文学创作的根本原理。

8

《祭石曼卿文》

欧阳修

维治平四年七月日，具官欧阳修谨遣尚书都省令史李敭至于太清，以清酌①庶羞②之奠，致祭于亡友曼卿之墓下，而吊之以文曰：

呜呼曼卿！生而为英，死而为灵。其同乎万物生死而复归于无物者，暂聚之形；不与万物俱尽而卓然其不朽者，后世之名。此自古圣贤，莫不皆然，而著在简册③者，昭如日星。

①清酌：祭祀时所用的酒。 ②羞：同"馐"，这里指祭品。
③简册：史籍。

8

呜呼曼卿！吾不见子久矣，犹能仿佛④子之平生。其轩昂磊落，突兀峥嵘，而埋藏于地下者，意其不化为朽壤⑤，而为金玉之精。不然生长松之千尺，产灵芝而九茎。奈何荒烟野蔓，荆棘纵横；风凄露下，走磷⑥飞萤。但见牧童樵叟，歌吟而上下，与夫惊禽骇兽，悲鸣踯躅⑦而咿嘤。今固如此，更千秋而万岁兮，安知其不穴藏狐貉⑧与鼯鼪⑨？此自古圣贤亦皆然兮，独不

---

④仿佛：依稀记得。 ⑤朽壤：腐朽的土壤。 ⑥走磷：夜间野外移动的磷火。 ⑦悲鸣踯躅：这里指野兽来回徘徊,禽鸟悲鸣惊叫。 ⑧狐貉：兽名,形似狐狸。 ⑨鼯鼪：鼯,鼠的一种,也称飞鼠;鼪,黄鼠狼。

8

见 夫 累 累 乎 旷 野 与 荒 城？

呜 呼 曼 卿！ 盛 衰 之 理， 吾 固 知 其

如 此， 而 感 念 畴 昔， 悲 凉 凄 怆， 不 觉

临 风 而 陨 涕⑩ 者， 有 愧 乎 太 上 之 忘 情。

尚 飨！

---

⑩陨涕：落泪。

19

9

《六国论》★

苏 洵

六国破灭，非兵不利，战不善，弊在赂秦①。赂秦而力亏，破灭之道也。或曰：六国互②丧，率赂秦耶？曰：不赂者以赂者丧。盖失强援，不能独完。故曰：弊在赂秦也。

秦以攻取之外，小则获邑，大则得城。较秦之所得，与战胜而得者，其实百倍③；诸侯之所亡，与战败而亡④者，其实亦百倍。则秦之所大欲，诸侯

---

①赂秦：向秦国行贿，这里指割土地给秦国。 ②互：一个接着一个。 ③百倍：形容数量极大。 ④亡：丧失，指失去的土地。

之所大患，固不在战矣。思厥先祖父，
暴霜露，斩荆棘，以有尺寸之地。子
孙视之不甚惜，举⑤以予人，如弃草芥。
今日割五城，明日割十城，然后得一
夕安寝。起视四境，而秦兵又至矣。然
则诸侯之地有限，暴秦之欲无厌，奉
之弥⑥繁，侵之愈急。故不战而强弱胜
负已判矣。至于颠覆，理固宜然。古人
云："以地事秦，犹抱薪救火，薪不尽，
火不灭。"此言得之。

齐人未尝赂秦，终继五国迁灭，
何哉？与嬴而不助五国也。五国既丧，

---

⑤举：全都。　⑥弥：愈，越加。

齐亦不免矣。燕赵之君，始有远略⑦，能守其土，义不赂秦。是故燕虽小国而后亡，斯用兵之效也。至丹以荆卿为计，始速祸焉。赵尝五战于秦，二败而三胜。后秦击赵者再，李牧连却之。洎⑧牧以谗诛，邯郸为郡，惜其用武而不终也。且燕赵处秦革灭殆尽之际，可谓智力孤⑨危，战败而亡，诚不得已。向使三国各爱其地，齐人勿附于秦，刺客不行，良将犹在，则胜负之数⑩，存亡之理，当与秦相较，或未易量。

---

⑦远略：远大的谋略。　⑧洎：及，等到。　⑨孤：无援。　⑩数：定数，命运。

呜呼！以赂秦之地封天下之谋臣，以事秦之心礼天下之奇才，并力西向，则吾恐秦人食之不得下咽也。悲夫！有如此之势，而为秦人积威之所劫，日削月割，以趋于亡。为国⑪者无使为积威之所劫哉！

夫六国与秦皆诸侯，其势弱于秦，而犹有可以不赂而胜之之势。苟以天下⑫之大，下而从六国破亡之故事，是又在六国下矣。

---

⑪为国：治国。 ⑫天下：指当时国家版图。

10

《吴山图》记

归有光

吴、长洲二县，在郡治所，分境而治。而郡西诸山，皆在吴县。其最高者，穹窿、阳山、邓尉、西脊、铜井，而灵岩，吴之故宫在焉，尚有西子之遗迹。若虎丘、剑池，及天平、尚方、支硎，皆胜地也，而太湖汪洋①三万六千顷，七十二峰沉浸其间，则海内之奇观矣。

余同年友魏君用晦为吴县，未及

①汪洋：水势浩大广阔。

三年，以高第^②召入为给事中。君之为县有惠爱，百姓扳留^③之不能得，而君亦不忍于其民。由是好事者绘《吴山图》以为赠。

夫令^④之于民诚重^⑤矣。令诚贤也，其地之山川草木亦被其泽^⑥而有荣也；令诚不贤也，其地之山川草木亦被其殃而有辱也。君于吴之山川，盖增重矣。异时吾民将择胜于岩峦之间，尸祝^⑦于浮屠、老子之宫也，固宜。而君则亦既去矣，何复惓惓^⑧于此山

---

②高第：考试或官员考核被列为高等。 ③扳留：挽留。 ④令：县令。 ⑤诚重：确实重要。 ⑥被其泽：受到他的恩惠。 ⑦尸祝：祈求保佑。 ⑧惓惓：恳切的样子。

哉？昔苏子瞻称韩魏公去黄州四十余年，而思之不忘，至以为《思黄州诗》，子瞻为黄人刻之于石。然后知贤者于其所至，不独⑨使其人之不忍忘而已，亦不能自忘于其人也。

君今去县已三年矣，一日与余同在内庭，出示此图，展玩⑩太息，因命余记之。噫！君之于吾吴，有情如此，如之何而使吾民能忘之也？

---

⑨不独：不但。　⑩展玩：打开欣赏。

《默觚》一则

魏　源

　　用智如水，水滥①则溢；用勇如火，火烈则焚；故知②勇有时而困，且有时而自害。求其多而不溢，积而不焚者，其惟君子之德乎！德善积而不苑③，其德弥④积，其服弥广，其行弥远而不困。

　　《诗》曰："百尔君子，不知德行。不忮不求，何用不臧！"

---

①滥：泛滥。　②知：同"智"。　③苑：养禽兽、种林木之地，这里指限制在一定范围。　④弥：更加。

12

běi cháo mín gē
北朝民歌

mù lán shī
木兰诗★

jī ji fù jī ji　　　mù lán dāng hù zhī
唧唧①复唧唧，木兰当户织。

bù wén jī zhù shēng　　wéi wén nǚ tàn xī
不闻机杼②声，唯闻女叹息。

wèn nǚ hé suǒ sī　　wèn nǚ hé suǒ yì
问女何所思，问女何所忆③。

nǚ yì wú suǒ sī　　nǚ yì wú suǒ yì
女亦无所思，女亦无所忆。

zuó yè jiàn jūn tiě　　kè hán dà diǎn bīng
昨夜见军帖④，可汗大点兵，

jūn shū shí èr juàn　　juàn juàn yǒu yé míng
军书十二卷，卷卷有爷⑤名。

ā yé wú dà ér　　mù lán wú zhǎng xiōng
阿爷无大儿，木兰无长兄，

yuàn wèi shì ān mǎ　　cóng cǐ tì yé zhēng
愿为市鞍马，从此替爷征。

---

①唧唧：纺织机的声音。　②杼：织布的梭子。　③忆：惦记。
④军帖：征兵的文书。　⑤爷：和下文"阿爷"一样，都是指父亲。

dōng shì mǎi jùn mǎ　　xī shì mǎi ān jiān
东市买骏马，西市买鞍鞯⑥，

nán shì mǎi pèi tóu　　běi shì mǎi cháng biān
南市买辔头⑦，北市买长鞭。

dàn cí yé niáng qù　　mù sù huáng hé biān
旦辞爷娘去，暮宿黄河边。

bù wén yé niáng huàn nǚ shēng
不闻爷娘唤女声，

dàn wén huáng hé liú shuǐ míng jiān jiān
但闻黄河流水鸣溅溅⑧。

dàn cí huáng hé qù　　mù zhì hēi shān tóu
旦辞黄河去，暮至黑山头。

bù wén yé niáng huàn nǚ shēng
不闻爷娘唤女声，

dàn wén yān shān hú qí míng jiū jiū
但闻燕山胡骑鸣啾啾⑨。

wàn lǐ fù róng jī　　guān shān dù ruò fēi
万里赴戎机⑩，关山度若飞。

shuò qì chuán jīn tuò　　hán guāng zhào tiě yī
朔气⑪传金柝⑫，寒光照铁衣。

---

⑥鞯：马鞍下的垫子。　⑦辔头：驾驭牲口用的嚼子、笼头和缰绳。
⑧溅溅：流水声。　⑨啾啾：马叫的声音。　⑩赴戎机：奔赴战场。
⑪朔气：北方的寒气。　⑫金柝：刁斗，古代军中使用的器皿，白天
可做饭，晚上可报更。

12

jiāng jūn bǎi zhàn sǐ　　zhuàng shì shí nián guī
将军百战死，　　壮士十年归。

guī lái jiàn tiān zǐ　　tiān zǐ zuò míng táng
归来见天子，　　天子坐明堂⑬。

cè xūn shí èr zhuǎn　　shǎng cì bǎi qiān qiáng
策勋⑭十二转，　　赏赐百千强⑮。

kè hán wèn suǒ yù　　mù lán bú yòng shàng shū láng
可汗问所欲，　　木兰不用尚书郎，

yuàn chí qiān lǐ zú　　sòng ér huán gù xiāng
愿驰千里足，　　送儿还故乡。

yé niáng wén nǚ lái　　chū guō xiāng fú jiāng
爷娘闻女来，　　出郭相扶将⑯。

ā zǐ wén mèi lái　　dāng hù lǐ hóng zhuāng
阿姊闻妹来，　　当户理红妆；

xiǎo dì wén zǐ lái　　mó dāo huò huò xiàng zhū yáng
小弟闻姊来，　　磨刀霍霍向猪羊。

kāi wǒ dōng gé mén　　zuò wǒ xī gé chuáng
开我东阁门，　　坐我西阁床，

tuō wǒ zhàn shí páo　　zhuó wǒ jiù shí cháng
脱我战时袍，　　著⑰我旧时裳。

dāng chuāng lǐ yún bìn　　duì jìng tiē huā huáng
当窗理云鬓，　　对镜帖花黄⑱。

---

⑬明堂：皇帝祭祀天地、祖宗和接受大臣、诸侯朝见之地。　⑭策勋：记功。　⑮强：意为更多。　⑯扶将：搀扶。　⑰著：通"着"，穿。　⑱花黄：妇女面部装饰物。

12

chū mén kàn huǒ bàn
出门看火伴，

huǒ bàn jiē jīng máng
火伴皆惊忙；

tóng xíng shí èr nián
同行十二年，

bù zhī mù lán shì nǚ láng
不知木兰是女郎。

xióng tù jiǎo pū shuò
雄兔脚扑朔，

cí tù yǎn mí lí
雌兔眼迷离；

shuāng tù bàng dì zǒu
双兔傍地走⑲，

ān néng biàn wǒ shì xióng cí
安能辨我是雄雌？

---

⑲傍地走：贴着地面跑。

13

běi cháo mín gē
北朝民歌

chì lè gē
敕勒歌★

chì lè chuān　　yīn shān xià
敕勒川，阴山下，

tiān sì qióng lú　　lǒng gài sì yě
天似穹庐①，笼盖四野②。

tiān cāng cāng　　yě máng máng
天苍苍，野茫茫③。

fēng chuī cǎo dī xiàn niú yáng
风吹草低见④牛羊。

---

①穹庐:游牧民族所居的圆顶帐幕,即蒙古包。　②四野:草原的四面八方。　③茫茫:宽阔无边的样子。　④见:同"现",显露。

望洞庭湖赠张丞相

孟浩然

八月湖水平，涵虚①混太清。

气蒸云梦泽，波撼岳阳城。

欲济②无舟楫③，端居④耻圣明。

坐观垂钓者，徒有羡鱼情。

①涵虚：指天空倒映在水中，湖水空明的样子。 ②济：渡。 ③楫：船桨，这里也指船。 ④端居：闲居。

《芙蓉楼送辛渐》其一★

王昌龄

寒雨连江夜入吴，

平明①送客楚山孤。

洛阳亲友如相问，

一片冰心②在玉壶③。

---

①平明：天亮的时候。 ②冰心：纯洁的心。 ③玉壶：指自然纯净之心。

16

蜀道难 ★

李白

噫吁嚱[1]，危乎高哉！蜀道之难，难于上青天。蚕丛及鱼凫，开国何茫然[2]！尔来[3]四万八千岁，不与秦塞通人烟。西当[4]太白有鸟道[5]，可以横绝峨眉巅。地崩山摧壮士死，然后天梯[6]石栈[7]相钩连。上有六龙回日之高标，下有冲波逆折[8]之回川。黄鹤之飞尚不

---

①噫吁嚱：蜀地方言，表示惊讶的声音。　②何茫然：完全不知道的样子。　③尔来：从那时以来。　④当：对着。　⑤鸟道：只能容纳鸟飞过的道路，形容人迹罕至。　⑥天梯：指崎岖的山路。　⑦石栈：山间险要处，用木头架起的栈道。　⑧逆折：水流回旋。

得过，猿猱⑨欲度愁攀援。青泥何盘盘⑩，
百步九折萦岩峦。扪参历井仰胁息，
以手抚膺坐长叹。

问君西游何时还，畏途巉岩⑪不
可攀。但见悲鸟号古木，雄飞雌从绕
林间。又闻子规啼夜月，愁空山。蜀
道之难，难于上青天，使人听此凋朱
颜！连峰去⑫天不盈尺，枯松倒挂倚绝
壁。飞湍瀑流争喧豗，砯⑬崖转石万
壑雷。其险也若此，嗟尔远道之人，胡
为乎来哉！

---

⑨猿猱：猴类，善于攀援。　⑩盘盘：曲折回旋的样子。　⑪巉岩：险
恶陡峭的山壁。　⑫去：距离。　⑬砯：水撞击石头的声音。

jiàn gé zhēng róng ér cuī wéi　　yì fū dāng guān
剑阁峥嵘⑭而崔嵬⑮，一夫当关，

wàn fū mò kāi　　suǒ shǒu huò fēi qīn　　huà wéi láng yǔ chái
万夫莫开。所守或匪亲，化为狼与豺。

zhāo bì měng hǔ　　xī bì cháng shé　　mó yá shǔn xuè　　shā
朝避猛虎，夕避长蛇，磨牙吮血，杀

rén rú má　　jǐn chéng suī yún lè　　bù rú zǎo huán jiā
人如麻。锦城虽云乐，不如早还家。

shǔ dào zhī nán　　nán yú shàng qīng tiān　　cè shēn xī wàng
蜀道之难，难于上青天，侧身西望

cháng zī jiē
长咨嗟！

---

⑭峥嵘:高峻的样子。　⑮崔嵬:高大雄伟。

石　壕　吏
shí háo lì

杜　甫
dù fǔ

暮①投石壕村，有吏夜捉人。
mù tóu shí háo cūn　　yǒu lì yè zhuō rén

老翁逾②墙走，老妇出看门。
lǎo wēng yú qiáng zǒu　　lǎo fù chū kān mén

吏呼一何怒，妇啼一何苦。
lì hū yì hé nù　　fù tí yì hé kǔ

听妇前致词③：三男邺城戍。
tīng fù qián zhì cí　　sān nán yè chéng shù

一男附书至，二男新战死。
yì nán fù shū zhì　　èr nán xīn zhàn sǐ

存者且偷生，死者长已矣！
cún zhě qiě tōu shēng　　sǐ zhě cháng yǐ yǐ

室中④更无人，惟有乳下孙。
shì zhōng gèng wú rén　　wéi yǒu rǔ xià sūn

有孙母未去，出入无完裙。
yǒu sūn mǔ wèi qù　　chū rù wú wán qún

①暮：傍晚。　②逾：越过，翻过。　③前致词：上前去说话。
④室中：家中。

老妪力虽衰，请从吏夜归。

急应河阳役，犹得⑤备晨炊。

夜久语声绝，如闻泣幽咽⑥。

天明登前途，独与老翁别。

---

⑤犹得：还能够。　⑥泣幽咽：断续低沉的哭声。

定风波 dìng fēng bō ★

苏轼 sū shì

三月七日，沙湖道中遇雨，雨具先去，同行皆狼狈①，余独不觉。已而遂晴，故作此词。

莫听穿林打叶声，何妨吟啸②且徐行。竹杖芒鞋③轻胜马，谁怕？一蓑④烟雨任平生。

料峭⑤春风吹酒醒，微冷，山头斜照却相迎。回首向来萧瑟处，归去，也无风雨也无晴。

---

①狼狈：窘顿之状。　②吟啸：吟诗，长啸，表示闲适。　③芒鞋：草鞋。　④蓑：蓑衣，用来遮挡风雨的雨披。　⑤料峭：微寒的样子。

十一月四日风雨大作★

陆 游

僵卧^①孤村不自哀，

尚思为国戍轮台^②；

夜阑^③卧听风吹雨，

铁马^④冰河入梦来。

---

①僵卧：直挺挺地躺着。 ②戍轮台：轮台，在新疆一带，这里指戍守边疆。 ③夜阑：夜深。 ④铁马：披着铁甲的战马。

水调歌头·送章德茂大卿使虏
shuǐ diào gē tóu　　sòng zhāng dé mào dà qīng shǐ lǔ

陈 亮
chén liàng

不见南师①久，谩说北群空②。当场
bú jiàn nán shī jiǔ　　màn shuō běi qún kōng　　dāng chǎng

只手，毕竟还我万夫雄。自笑堂堂汉
zhī shǒu　　bì jìng huán wǒ wàn fū xióng　　zì xiào táng táng hàn

使，得似③洋洋河水，依旧只流东。且
shǐ　　dé sì yáng yáng hé shuǐ　　yī jiù zhǐ liú dōng　　qiě

复穹庐拜，会向藁街逢。
fù qióng lú bài　　huì xiàng gǎo jiē féng

尧之都，舜之壤，禹之封。于中
yáo zhī dū　　shùn zhī rǎng　　yǔ zhī fēng　　yú zhōng

应有，一个半个耻臣戎。万里腥膻④如
yīng yǒu　　yí gè bàn gè chǐ chén róng　　wàn lǐ xīng shān rú

许，千古英灵安在，磅礴⑤几时通？胡
xǔ　　qiān gǔ yīng líng ān zài　　páng bó jǐ shí tōng　　hú

运⑥何须问，赫日自当中。
yùn hé xū wèn　　hè rì zì dāng zhōng

---

①南师：指南宋北伐的军队。 ②北群空：没有良马，借喻没有良
才。 ③得似：哪里能像。 ④腥膻：牛羊的腥膻气，代指金人。
⑤磅礴：浩然正气。 ⑥胡运：金国的命运。

21

踏莎行
徐 灿

芳草才芽，梨花未雨[1]，春魂[2]已作天涯絮。晶帘宛转为谁垂，金衣[3]飞上樱桃树。

故国茫茫，扁舟何许？夕阳一片江流去。碧云犹叠旧山河，月痕休到深深处。

———

①未雨：未开。　②春魂：春之精灵。　③金衣：黄莺。

22

cháng xiāng sī
长 相 思 ★

nà lán xìng dé
纳兰性德

山一程^①，水一程，身向榆关那畔行，夜深千帐灯。

风一更，雪一更，聒碎乡心梦不成，故园无此声。

---

①程：路程，道路。

《己亥杂诗》其一二五★

龚自珍

九州生气①恃②风雷，

万马齐喑③究可哀！

我劝天公重抖擞④，

不拘一格降人才。

①生气：生气勃勃的局面。　②恃：依靠。　③喑：喑哑，比喻政局毫无生气。　④重抖擞：重新振作。

24

出都留别诸公

康有为

天龙作骑^①万灵^②从，

独立飞来缥缈峰。

怀抱芳馨兰一握，

纵横宙合^③雾千重。

眼中战国^④成争鹿^⑤，

海内人才孰卧龙？

抚剑长号归去也，

千山风雨啸青锋^⑥！

---

①骑：坐骑。 ②万灵：各种神灵。 ③宙合：宇宙。 ④战国：指当时的帝国主义列强。 ⑤争鹿：逐鹿。 ⑥青锋：剑。

《论语》三章

题 解

《论语》是儒家经典之一，记孔子的言行、答弟子问及和弟子们的谈话，是研究孔子思想及儒家学说的重要资料，由孔子的弟子及再传弟子编订。本书所选三章，第一章讲的是"礼"的重要性，"德"不是孤立存在，必须以"礼"作为指导。第二章和第三章从不同方面讲"君子"的标准和要求。

作 者

孔子，名丘，字仲尼。春秋末期鲁国人，著名的思想家和教育家。他开办私学，有教无类，广收门徒，弟子甚众。在长期的教育教学实践中，总结出了一套行之有效的方法；为了教学的需要，他编订了《诗》《书》《礼》《乐》《易》《春秋》，成为我们民族文化的经典。他的学说经过改造，成为中国古代社会的正统思想，他本人也被尊奉为"圣人"。

注 释

慎而无礼则葸：只知谨言慎行而并不真的懂礼，就会恐惧胆怯。

　　和、同：不同的东西和谐地配合叫作和，同样的东西相加叫作同。

《老子》二章

题　解

　　《老子》又名《道德经》，全书共计五千字左右，集中体现了老子"道法自然"的思想。本书所选前一章，是老子在谈"为学""为道"和"无为"之道，强调"无为而无不为"，此为能取得并治理天下之要诀。后一章讲处世处事要舍去刚强，而取柔弱。

作　者

　　老子，姓李，名耳，字伯阳，一说为老聃，传说为春秋时楚国人。曾在周朝做掌管藏书的史官。相传老子见周室衰微，决意离开，行至函谷关时，关令尹喜对老子说："子将隐矣，强为我著书。"于是，老子在留下了洋洋洒洒的五千言后扬长而去，不知其所终。老子是道家学派的开创者。东汉以来，被道教尊为教主。

注　释

无为而无不为：无所作为却能无所不为。

取天下常以无事：治理天下，永远不要没事生事。

不争而善胜，不言而善应，不召而自来，繟然而善谋：不争斗，然而善于胜利；不谈论，然而善于回应；不用召唤，然而万物自然来归顺，从从容容、宽舒缓慢，然而善于谋划。

《孟子》二则

题 解

《孟子》是儒家经典之一，共七篇，是孟子言论的汇编，记述了孟子游说各国以及与弟子的问答，记录了孟子的教育活动和教育主张，是研究孟子思想的最主要的文献资料。本书所选二则，前一则讲孟子对"仁"的呼唤。后一则讲的是穷与达时的处世原则。

作 者

孟子，名轲，字子舆。战国时期邹人，著名的思想家和教育家。他曾怀着自己的政治理想，带领弟子游说各国诸侯，并长期从事教学工作。孟子是孔子之孙孔伋的再传弟子，继承并发展了孔子的思想，与孔子并称"孔孟"，其本人也被尊奉为"亚圣"。

注 释

三代：夏、商、周。

今恶死亡而乐不仁：现在的人既害怕死亡却又乐于做不仁义的事。

穷则独善其身，达则兼善天下：穷困时独善其身，显达时兼善天下。

《礼记》一则

题　解

　　《礼记》是儒家经典之一。《学记》是《礼记》中的专门论述教育的一篇，一般认为是战国后期思孟学派的作品。全文仅一千二百二十九字，虽然篇幅短小，却内容丰富，第一次对我国先秦时期的教育教学从理论上进行了比较全面、系统的总结。可以说，《学记》是我国也是世界教育史上的第一部教育学专著。

注　释

　　禁于未发之谓豫：在学生的错误没有发生时就通过教育加以预防，就是防范。

　　不陵节而施之谓孙：在学生可以接受教育的时机进行教育，就是符合顺序。

　　道而弗牵，强而弗抑，开而弗达：（对学生）诱导而不强牵着学生走；劝勉而不抑制学生的进取精神；加以开导，而不把答案直接告诉学生。

　　三王四代：三王，夏、商、周，加虞为四代。

韩　婴　《韩诗外传》一则

题　解

《韩诗外传》全书十卷三百一十章，每一章记一个故事或一段议论，结尾都引《诗经》中诗句为证，故名为《诗》之"外传"。《四库总目提要》认为"其书杂引古事古语，证以诗词，与经义不相比附，故曰《外传》"。本书所选一则，讲的是孔子以器皿盛水的事例，揭示人不能自满自骄的道理。

作　者

韩婴，西汉文帝时为博士。景帝时为常山王太傅。武帝时，曾与董仲舒辩论，不为所屈。他治《诗》兼治《易》，传《韩诗》，流传于燕赵间。他的思想直接承袭荀子，但又尊信孟子。主张广泛传播儒家思想，为汉武帝"罢黜百家，独尊儒术"做了思想准备。

注　释

《诗》曰：指的是《诗经·商颂·长发》。"汤降不迟，圣敬日跻"，指的是成汤降生适逢其时，明哲圣德日益上升。

陶渊明 《归去来兮辞·序》

题 解

　　这是陶渊明主动辞去只做了八十多天彭泽县令、归家路上所作的一篇抒情小赋的序文，说明了作者就官、去职和写作《归去来兮辞》的缘由。《归去来兮辞》描写了路上的景色和田园风光，抒发了作者辞官归田的愉快之情。欧阳修评价："晋无文章，惟陶渊明《归去来兮辞》一篇而已。"

作 者

　　陶渊明，名潜，字元亮，别号五柳先生。东晋末年浔阳柴桑（今江西九江）人，诗人、散文家。他为人天性淡泊，诗文真实自然，又亲切有味。在叶嘉莹先生看来，"在中国所有的作家之中，如果以真淳而论，自当推陶渊明为第一"。

注 释

　　辞：文体名，是一种抒情赋体。

　　生生所资，未见其术：维持生计所需要的物资，没有什么办法取得。

四方之事：指地方势力的争权斗争。此赋创作的前后，正是桓玄篡位失败、刘裕继起夺权的时期，东晋濒于灭亡。

彭泽：县名，在今江西九江。

口腹自役：为了嘴巴和肚子而役使自己。指为了吃饭而出仕。

情在骏奔：去吊丧的心情，如骏马奔驰一样急迫。

刘 勰 《文心雕龙·情采》节选

题 解

　　《文心雕龙》是我国古代第一部系统完整的文学理论著作，结构严密，体大思精，影响之大，历代文论著作无出其右。本书所节选一则，来自《情采》篇，讲的是情与辞的关系，即文学艺术内容和形式的相互关系：形式必须依附于一定内容才有意义，内容必须通过一定形式才能表达出来。

作 者

　　刘勰，字彦和，南北朝时期东莞郡莒县（今山东莒县）人，文学理论家、文学批评家。早年孤贫，笃志好学，在佛寺生活了十多年。梁武帝时期因为沈约推重，做了"奉朝请"一类没有实缺的官。梁武帝曾派他整理经藏，后出家。他提出了"情动而辞发""因内而符外"的修辞美学观，以及系统的剖情析采理论和选择继承、据时创新的修辞观。

注 释

文附质：文采必须依附于特定的实物。
质待文：物体的实质也要依靠美好的外形。

鸟迹：指文字。相传黄帝时的仓颉受鸟兽足迹的启发而造文字。

鱼网：指纸。《后汉书·蔡伦传》说蔡伦开始用树皮、渔网等造纸。

五性：心、肝、脾、肺、肾产生出来的五种性情，指作者的思想感情。

五色：青、黄、赤、白、黑五色，指作品的形象描写。

五音：宫、商、角、徵、羽五音，指作品的声韵。

韶夏：古代的乐曲。韶，舜乐；夏，禹乐。

《孝经》：孔门后学所著，儒家"十三经"之一。

言不文：哀悼父母的话不应有文采。

五千：即《道德经》。

欧阳修 《祭石曼卿文》

题　解

《祭石曼卿文》是一篇致祭亡友的祭文，表达了欧阳修对亡友石曼卿文章、才气、奇节、伟行的称赞。全文集描写、议论、抒情于一体，有对亡友音容笑貌的回想，有对其声名不朽的称赞，更有其墓地悲凉景象的渲染，表达出作者对亡友强烈的哀悼之情。

作　者

欧阳修，字永叔，号醉翁，晚号六一居士，北宋庐陵（今江西永丰）人。他是北宋文坛领袖，领导北宋诗文革新运动。他的文学作品内容充实，形式多样，言之有物，感情激越，是"唐宋八大家"之一。

注　释

石曼卿：名延年，北宋河南宋城（今河南商丘）人。曾与欧阳修同为馆阁校勘，共事仅一年，却成至交。石曼卿去世时，欧阳修曾作《石曼卿表》《哭石曼卿》等诗文，痛悼故友。

维治平四年：1067年。治平，宋英宗年号。

具官：官员在奏疏、函牍等文字中，常把应写明的官职爵位，以"具官"表示谦敬。

太清：地名，在今河南商丘东南，是石曼卿葬地。

产灵芝而九茎：出产有九根茎的灵芝草。灵芝，一种菌类植物，古代被认为是仙草；九茎一聚，更被认为是珍贵吉祥。

尚飨：祭文通用结语，意为希望死者享用祭品。

苏　洵　《六国论》

题　解

　　《六国论》是苏洵所撰《权书》中的一篇。作者通过评述六国因赂秦而灭亡的历史教训，劝诫当时北宋统治者切勿重蹈六国的覆辙。全文结构缜密，雄辩滔滔，大量的排比句式，使文章气势纵横。

作　者

　　苏洵，字明允，北宋眉州眉山（今四川眉山）人，文学家。他深受《孟子》《战国策》的影响，尤其擅长政论，议论明畅，笔势雄健，与其子苏轼、苏辙并以文学著称，世称"三苏"，名列唐宋八大家。

注　释

　　以地事秦，犹抱薪救火，薪不尽，火不灭：见《史记·魏世家》，魏安釐王四年，秦国打败魏国，魏国被迫割地求和，于是苏代向魏安釐王说了这些话。

　　赢：秦王姓赢，这里指秦国。

　　丹以荆卿为计：指公元前227年，燕太子丹派荆轲刺杀秦王未成，后荆轲被秦国所杀。

　　李牧：赵国的良将，领兵抗秦，屡立战功，被封为"武安君"。

　　洎牧以谗诛，邯郸为郡：《史记·李牧列传》载，公元前229年，秦将王翦攻赵，赵将李牧领兵连败秦军。后秦用反间计，陷害李牧，赵王听信谗言，李牧被杀。秦兵得以长驱直入，灭赵后，将原赵都城邯郸设为秦国一郡。

　　并力西向：协力向西方对付秦国。六国在函谷关以东，秦国在函谷关以西，所以是西向。

归有光 《〈吴山图〉记》

题 解

　　《〈吴山图〉记》是归有光应同年好友魏用晦请托所作。魏用晦曾任吴县县令，调离时，吴人作《吴山图》以赠。文章通过层层深入描写吴县景致以及吴县百姓与魏县令相互思念之情，来达到颂扬魏县令德政的写作意图。

作 者

　　归有光，字熙甫，别号震川，世称"震川先生"，明代苏州府昆山县（今江苏昆山）人，散文家。他的散文风格朴实，感情真挚。钱谦益评价其诗文，"熙甫为文，原本六经，而好太史公书，能得其风神脉理"。

注 释

吴：吴县，今属江苏省苏州市。

长洲：古县名，1912年并入吴县。

郡治所：郡长官办公的所在地，此指苏州府治。明代，吴县、长洲县治与苏州府治都设在吴县（今苏州市）城内。

穹窿、阳山、邓尉、西脊、铜井，而灵岩：山名，皆在吴县境内。

吴之故宫：春秋时，吴王夫差曾筑馆娃宫于灵岩。

虎丘：山名，在吴县境内，相传吴王阖闾葬于此山。

剑池：虎丘山上的一个古迹，相传吴王阖闾葬于此地时，曾用宝剑三千殉葬。

天平、尚方、支硎：山名，皆在吴县境内。

太湖：在今江苏省南部与浙江省北部。

同年友：同一年考中进士的友人。

魏用晦：福建侯官（今福建福州）人，曾担任吴县知县。

给事中：官名。

苏子瞻：苏轼，字子瞻。宋神宗时，苏轼被贬官黄州（今湖北黄冈）。

韩魏公：韩琦，字稚圭，封魏国公。宋仁宗时，曾出知黄州。

魏　源　《默觚》一则

题　解

《默觚》又称《古微堂内集》，分《学篇》和《治篇》两部分，内含魏源对哲学、政治、法律、教育等方面的见解，类似于读书笔记。全书共一百五十六条，一条最短的仅数十字，言简意赅。本书所选一则，强调单纯的智、勇都有局限性，只有君子的德行，才"多而不溢，积而不焚"。

作　者

魏源，名远达，字默深，湖南邵阳隆回人，近代启蒙思想家。道光二十五年（1845）进士，官高邮知州，晚年弃官归隐。他学识渊博，著作很多，今人集为《魏源全集》。他重视了解和学习西方的科学技术，是近代最早一批"开眼看世界"的知识分子之一。

注　释

百尔君子，不知德行。不忮不求，何用不臧：此句出自《诗经·邶风·雄雉》，意思是你们诸位君子，不懂得品性要高尚，不贪荣名不贪利的人，为何却遭到祸殃？

北朝民歌 《木兰诗》

题 解

这是一首长篇叙事诗，被北宋郭茂倩选编入《乐府诗集》。此诗讲的是木兰女扮男装，替父从军，在战场上建立功业，凯旋后不愿做官，只求回家团聚的故事。此诗虽是战争题材，却富有生活气息，与《孔雀东南飞》合称"乐府双璧"。

注 释

可汗：是4世纪以后蒙古高原游牧民族政治首领的称谓。

十二卷：很多卷。十二表示很多，不是确指。下文中"十年""十二转""十二年"，用法与此相同。

黑山：山名，在今呼和浩特市东南。

燕山：山名，即阴山，内蒙古自治区中部山脉。

策勋十二转：转，勋级每升一级称一转。这里指记很大的功。

尚书郎：古代官名，这里泛指朝中的各种官职。

13

北朝民歌 《敕勒歌》

题 解

这是一首北朝乐府民歌,被北宋郭茂倩选编入《乐府诗集》。此诗歌咏了北国草原壮丽富饶的风光,风格明朗豪爽,境界开阔,艺术感染力极强,是描写草原风光的千古绝唱。元好问评价说:"慷慨歌谣绝不传,穹庐一曲本天然。中州万古英雄气,也到阴山敕勒川。"

注 释

敕勒:族名,又叫铁勒。

敕勒川:敕勒民族居住处,在今山西、内蒙古一带。

阴山:山名,内蒙古自治区中部山脉。

孟浩然 《望洞庭湖赠张丞相》

题 解

这是孟浩然的一首投赠之作。通过描述洞庭湖欲渡无舟的景象，抒发作者临渊羡鱼的情怀，从而曲折表达自己希望得到张九龄赏识和引荐的心境。这首诗景物描写上气象开阔，意愿表达上语言含蓄，二者的有机结合，达到了诗歌艺术的极致。

作 者

孟浩然，字浩然，唐代襄州襄阳（今属湖北）人，诗人。他的诗作多为五言绝句，内容多为山水田园和隐居逸兴以及羁旅行役的心情，被认为是"田园诗派"的代表人物。蔡传认为，"孟浩然诗组建安，宗渊明，冲淡中有壮逸之气"。

注 释

洞庭湖：湖名，在今湖北省北部。

张丞相：即张九龄，字子寿，韶州曲江（今广东韶关），唐玄宗时宰相。

云梦泽：古代洞庭湖周围的湖泊沼泽地，分为云泽和梦泽。

　　羡鱼：出自《淮南子·说林训》，"临河而羡鱼，不如归家织网"，比喻空存想望。

王昌龄 《芙蓉楼送辛渐》其一

题 解

这是王昌龄组诗作品中的一首。写的是作者在江边送别朋友辛渐的情景。全诗即景生情，含蕴悠远，使人无限流连。

作 者

王昌龄，字少伯，唐代诗人。他的诗以七言绝句见长，题材主要为离别、边塞、宫怨，尤其以边塞诗最为著名，内容简洁、明快，意蕴无穷。闻一多评价说："王昌龄为盛唐诗坛'个性最为显著'的两个作家之一。"

注 释

芙蓉楼：原名西北楼，在润州（今江苏镇江）西北。登临可以俯瞰长江，遥望江北。

辛渐：王昌龄之友，这次拟由润州渡江，取道扬州，北上洛阳。王昌龄可能陪他从江宁到润州，然后在此分离。

吴：古代国名，这里泛指今江苏南部、浙江北部一带。

李 白《蜀道难》

题 解

这是李白的一首杂言古诗。此诗袭用乐府旧题，以浪漫主义手法，描写了蜀道上惊险奇丽的山川景致。全诗文句参差，笔意纵横，气势磅礴又充满感情。

作 者

李白，字太白，号青莲居士，唐代著名诗人，被后世称为"诗仙"。他的诗作豪迈奔放，想象丰富，意境奇妙，具有浪漫主义特征，同时代的诗人杜甫称其"笔落惊风雨，诗成泣鬼神"。

注 释

蚕丛、鱼凫：传说中，蚕丛和鱼凫建立了蜀国。

四万八千岁：形容时间极为漫长。

秦塞：秦的关塞。

太白：秦岭山峰名，又名太乙山，在今陕西眉县、太白县一带。

峨眉：山名，在今四川省峨眉山市。

地崩山摧壮士死：指"五丁开山"的故事。据《华阳国志·蜀志》载，相传秦惠王送给蜀王五个美女。蜀王派五位壮士去接人。回到梓潼（今四川剑阁之南）的时候，看见一条大蛇进入穴中，一位壮士抓住了它的尾巴，其余四人也来相助，用力往外拽。不多时，山崩地裂，壮士和美女都被压死。山分为五岭，入蜀之路遂通。

六龙回日：传说中的羲和驾驶着六龙之车（即太阳）到此处便迫近传说中的日落处。

高标：指蜀山中可作一方之标识的最高峰。

青泥：青泥岭，在今甘肃徽县南，陕西略阳县北。

参、井：参星和井星，位于西南方，分别是蜀和秦的分野。

子规：即杜鹃鸟，鸣声悲哀。

剑阁：又名剑门关，在四川剑阁县北。

锦城：即今四川成都。

17

杜 甫 《石壕吏》

题 解

这是杜甫"三吏三别"中的一首，描写的是诗人投宿石壕村，遇到差役深夜抓人去打仗的所见所闻。此诗场面和细节描写真实自然，精练晓畅，情感悲壮沉郁。高步瀛说这首诗"尤呜咽悲凉，情致凄绝"。

作 者

杜甫，字子美，自号少陵野老，唐代著名诗人，被后人称为"诗圣"。他的诗歌沉郁顿挫，语言精练，格律严谨，平实淡雅中见感情真挚。他的诗真实、深刻地反映了安史之乱前后的政治时事和社会生活画面，因而被称为"诗史"。北宋苏轼说："古今诗人众矣，而杜子美为首。"

注 释

石壕：村名，在今河南三门峡峡州区，现名干壕村。
邺城：今河南安阳。
河阳：今河南孟州。

18

苏 轼 《定风波》

题 解

　　这是苏轼被贬黄州时创作的一首词作，为醉归遇雨抒怀之作。作者以短小的篇幅，揭示深邃的意境，借雨中潇洒徐行之举动，表现出旷达的胸襟和超凡脱俗的人生理想。

作 者

　　苏轼，字子瞻，又字和仲，自号东坡居士，北宋眉州眉山（今四川眉山）人。他是北宋时期著名的文学家和文坛领袖，在诗、词、散文、书、画方面取得了很高的成就。他的文纵横肆意，诗清新豪健，与黄庭坚并称"苏黄"；他的词豪放洒脱，与辛弃疾并称"苏辛"；他的散文笔力自如，与欧阳修并称"欧苏"。苏轼以其杰出的文学成就，跻身"唐宋八大家"之列。

注 释

　　定风波：词牌名，又名"卷春空""定风波令"等。

　　沙湖：在今湖北黄冈。

　　雨具先去：携带雨具的人早先离开了。

　　一蓑烟雨任平生：披着蓑衣在风雨中过一辈子，也处之泰然。

　　也无风雨也无晴：既没有所谓的风雨，也没有所谓的
天晴。

陆　游《十一月四日风雨大作》

题　解

这是陆游退居家乡山阴后，创作的七言绝句组诗作品的第二首。作者在荒村深夜的风雨中，不是哀叹自身的境遇，而是想着为国戍守边疆。诗人以"痴情化梦"的手法，把恢复中原、收复国土的梦想寄托到梦中。

作　者

陆游，字务观，号放翁，宋代越州山阴（今浙江绍兴）人，著名诗人。他一生笔耕不辍，诗词文都有很高成就。其诗语言平易晓畅，章法整饬严谨，尤以饱含爱国热情对后世影响深远。朱熹评价说："放翁老笔尤健，在当今推为第一流。"

注　释

尚思为国戍轮台：还在想着为国家守卫边疆。轮台，在今新疆一带，戍轮台，这里指戍守边疆。

陈　亮　《水调歌头·送章德茂大卿使虏》

题　解

　　这是陈亮为出使金国的章德茂送行所作的一首送行词。此词上片概括了章德茂出使的形势，下片以对时事的关注，暗衬对章德茂勉励之情。全词言辞慷慨，充满激情，以论入词又形象感人。

作　者

　　陈亮，字同甫，号龙川，学者称为龙川先生，婺州永康（今浙江永康）人。他才气超迈，喜谈兵事，极力主张抗金。一生多次下狱，不曾做官，被人目为"狂怪"。他倡导经世济民的"事功之学"，创立了永康学派。所作政论气势纵横，笔锋犀利；词作感情激越，风格豪放，与志趣相投的辛弃疾风格有相似之处。

注　释

　　水调歌头：词牌名，又名"元会曲""台城游""江南好"等。

　　章德茂：章森，字德茂，时任大理寺少卿，奉命出使金国，贺金主完颜雍生辰。

　　且复穹庐拜，会向藁街逢：穹庐，北方少数民族居住的毡房，这里代指金廷。藁街，汉朝长安城南门内给少数民族居住的地方。《汉书·陈汤传》载，陈汤斩郅支单于后奏请，"悬头藁街蛮夷邸间，以示万里：明犯强汉者，虽远必诛"。

　　尧之都，舜之壤，禹之封：尧、舜、禹那些先祖都曾经生活在那片土地。

　　赫日自当中：明亮的太阳自然会在天空中发出耀眼的光芒。意指南宋国势必然会一天天强大，打败金国，收复国土。

21

徐 灿 《踏莎行》

题 解

这是一首伤春怀旧的词。女词人以柔婉的笔触，通过对初春之景的描述，抒发故国之思和兴亡之感。整首词即景叙情，情致委婉，流露出对清人入主中原的茫然。谭献评价说："兴亡之感，相国愧之。"

作 者

徐灿，字湘蘋，明末清初江苏吴县（今江苏苏州）人，女词人，书画家。她是明末大臣、清初降臣陈之遴的继妻，从夫宦游。她的词多抒发故国之思，兴亡之感。

注 释

踏莎行：词牌名，又名"踏雪行""踏云行"等。

故国：明朝。

碧云犹叠旧山河：碧云覆盖原来的山河，表示山河依旧，但朝代更迭。

纳兰性德 《长相思》

题　解

　　这是作者随康熙帝东巡、去往山海关途中写下的思乡词作，作者通过声音和光亮、时间和空间的描写，表达了怀念故园、思念家乡的感情。

作　者

　　纳兰性德，叶赫那拉氏，字容若，清代满洲正黄旗人，词人。他深受康熙帝赏识，多随驾出巡，年仅三十一岁即早逝。他擅长作词，内容涉及爱情友谊、边塞江南、咏物咏史，词风清新隽秀、哀婉绝艳。他的词作生前即产生过"家家争唱"的轰动效应，身后更是被誉为"国初第一词手"。

注　释

　　长相思：唐教坊曲名。双调三十六字，前后段各四句三平韵、一叠韵。

　　榆关：今山海关。

　　风一更，雪一更：整夜风雪交加。

龚自珍 《己亥杂诗》其一二五

题　解

　　这是龚自珍三百一十五首组诗作品中的第一二五首。此诗是作者路过镇江时，应道士之请写的祭神诗。他借题发挥，以自然喻人事，以鬼神说苍生，希望当局者能奋发有为，打破陈规，让优秀人才发挥才能。

作　者

　　龚自珍，字璱人，号定盦（一作定庵），清代浙江仁和（今浙江杭州）人，思想家、诗人。他是近代改良主义先驱，因此他的许多诗既抒情，又议论，把现实的普遍现象提高到社会历史高度。

注　释

九州：中国。

不拘一格降人才：打破一切陈规戒律选用人才。

24

康有为 《出都留别诸公》

题 解

这是康有为离开京城时，留给送别的朋友们的一首诗。作者以激情的笔调、肆意的想象，表达对自己豪情万丈、志存高远、忧国伤时的情怀。

作 者

康有为，字广厦，号长素，清代南海（今广东佛山南海区）人，思想家、改良主义代表人物。他诗作不多，但大都意气豪迈，风格雄浑，抒写志向，饱含对国家危亡命运的关切。

注 释

卧龙：三国时期蜀国丞相诸葛亮的号。诸葛亮，字孔明，号卧龙。

篇目	篇目来源	版本信息	出版社	出版年份
1	《论语》	《论语译注》杨伯峻译注	中华书局	1980
2	《老子》	《老子道德经注校释》王弼注 楼宇烈校释	中华书局	2008
3	《孟子》	《孟子译注》杨伯峻译注	中华书局	1960
4	《礼记》	《十三经注疏》阮元校刻	中华书局	1980
5	韩婴《韩诗外传》	《韩诗外传集释》韩婴撰 许维遹校释	中华书局	1980
6	陶渊明《归去来兮辞·序》	《陶渊明集》王瑶编注	人民文学出版社	1956
7	刘勰《文心雕龙·情采》	《文心雕龙注》刘勰著 范文澜注	人民文学出版社	1958
8	欧阳修《祭石曼卿文》	《欧阳修全集》欧阳修著 李逸安点校	中华书局	2001
9	苏洵《六国论》	《嘉祐集笺注》苏洵著 曾枣庄、金成礼笺注	上海古籍出版社	1993
10	归有光《〈吴山图〉记》	《震川集》归有光撰	上海古籍出版社	1993
11	魏源《默觚》	《魏源集》魏源著	中华书局	1976
12	北朝民歌《木兰诗》	《乐府诗集》郭茂倩编	中华书局	1979
13	北朝民歌《敕勒歌》	《乐府诗集》郭茂倩编	中华书局	1979
14	孟浩然《望洞庭湖赠张丞相》	《孟浩然集校注》徐鹏校注	人民文学出版社	1989
15	王昌龄《芙蓉楼送辛渐》	《王昌龄诗注》李云逸注	上海古籍出版社	1984
16	李白《蜀道难》	《李太白全集》王琦注	中华书局	1977
17	杜甫《石壕吏》	《杜诗详注》杜甫著 仇兆鳌注	中华书局	2015
18	苏轼《定风波》	《东坡乐府》苏轼著	上海古籍出版社	1979
19	陆游《十一月四日风雨大作》	《剑南诗稿校注》钱仲联校注	上海古籍出版社	1985
20	陈亮《水调歌头·送章德茂大卿使虏》	《陈亮集》陈亮著 邓广铭点校	中华书局	1987
21	徐灿《踏莎行》	《拙政园诗余》徐灿撰	拜经楼丛书	
22	纳兰性德《长相思》	《纳兰词选》严迪昌选注 马大勇整理	中华书局	2011
23	龚自珍《己亥杂诗》	《龚自珍全集》龚自珍著 王佩诤校	中华书局	1959
24	康有为《出都留别诸公》	《康有为全集》康有为撰 姜义华、吴根樑编校	上海古籍出版社	1987

作者作品年表

（以作者主要生活年代、成书年代为参考）

西周（前1046—前771）		《诗经》
东周① （前770— 前256）	春秋（前770—前476）	管子（？—前645） 老子（约前571—？） 孔子（前551—前479） 孙子（约前545—约前470）
	战国（前475—前221）	墨子（前476或前480—前390或前420） 孟子（约前372—前289） 庄子（约前369—前286） 屈原（约前340—前278） 公孙龙（约前320—前250） 荀子（约前313—前238） 宋玉（约前298—前222） 韩非子（约前280—前233） 吕不韦（？—前235） 《黄帝四经》 《吕氏春秋》 《左传》 《列子》 《国语》 《尉缭子》 《易传》
秦（前221—前206）		李斯（？—前208）
汉 （前206— 公元220）	西汉②（前206—公元25）	贾谊（前200—前168） 韩婴（约前200—约前130） 司马迁（约前145—？） 刘向（约前77—前6） 扬雄（前53—公元18） 《礼记》 《淮南子》
	东汉（25—220）	崔瑗（77—142） 张衡（78—139） 王符（约85—162） 曹操（155—220）
三国（220—280）		诸葛亮（181—234） 曹丕（187—226） 曹植（192—232） 阮籍（210—263） 傅玄（217—278）

晋 （265—420）	西晋（265—317）	李密（224—287） 左思（约250—约305） 郭象（约252—312）
	东晋（317—420）	王羲之（303—361，一说321—379） 陶渊明（约365—427）
南北朝 （420—589）	南朝（420—589）	范晔（398—445） 陶弘景（456—536） 刘勰（约465—约532）
	北朝（386—581）	郦道元（约470—527） 颜之推（531—约590）
隋（581—618）		魏徵（580—643）
唐③（618—907）		骆宾王（约626—684以后） 王勃（约650—约676） 杨炯（650—？　） 贺知章（约659—约744） 陈子昂（659—700） 张若虚（约670—约730） 张九龄（678—740） 王之涣（688—742） 孟浩然（689—740） 崔颢（？　—754） 王昌龄（698—756） 高适（约700—765） 王维（701—761） 李白（701—762） 杜甫（712—770） 岑参（约715—约769） 张志和（732—774） 韦应物（约737—792） 孟郊（751—814） 韩愈（768—824） 刘禹锡（772—842） 白居易（772—846） 柳宗元（773—819） 李贺（790—816） 杜牧（803—852） 温庭筠（812？　—866） 李商隐（约813—约858）
五代十国（907—979）		李璟（916—961） 李煜（937—978）

作者作品年表

宋 （960—1279）	北宋（960—1127）	柳 永（约 987—1053） 范仲淹（989—1052） 晏 殊（991—1055） 宋 祁（998—1061） 欧阳修（1007—1072） 苏 洵（1009—1066） 周敦颐（1017—1073） 司马光（1019—1086） 曾 巩（1019—1083） 张 载（1020—1077） 王安石（1021—1086） 程 颐（1033—1107） 李之仪（1048—约 1117） 苏 轼（1037—1101） 黄庭坚（1045—1105） 秦 观（1049—1100） 晁补之（1053—1110） 周邦彦（1056—1121） 李清照（1084—1155） 陈与义（1090—1139）
	南宋（1127—1279）	岳 飞（1103—1142） 陆 游（1125—1210） 杨万里（1127—1206） 朱 熹（1130—1200） 张孝祥（1132—1170） 陆九渊（1139—1193） 辛弃疾（1140—1207） 姜 夔（约 1155—1221） 陈 亮（1143—1194） 丘处机（1148—1227） 叶绍翁（1194—1269） 文天祥（1236—1283）
元④（1206—1368）		关汉卿（约 1234 前—约 1300） 马致远（约 1250—1321 以后） 张养浩（1270—1329） 王 冕（1287—1359） 萨都剌（约 1307—1355？）

明（1368—1644）	宋濂（1310—1381） 刘基（1311—1375） 于谦（1398—1457） 钱鹤滩（1461—1504） 王阳明（1472—1529） 杨慎（1488—1559） 归有光（1507—1571） 汤显祖（1550—1616） 袁宏道（1568—1610） 张岱（1597—约1676） 黄宗羲（1610—1695） 李渔（1611—1680） 顾炎武（1613—1682）
清⑤（1616—1911）	徐灿（约1618—约1698） 纳兰性德（1655—1685） 彭端淑（约1699—约1779） 袁枚（1716—1797） 戴震（1724—1777） 龚自珍（1792—1841） 魏源（1794—1857） 曾国藩（1811—1872） 康有为（1858—1927） 谭嗣同（1865—1898） 梁启超（1873—1929） 秋瑾（1875—1907） 王国维（1877—1927）

说明

① 一般来说，把公元前770—公元前476年划为春秋时期；把公元前475—公元前221年划为战国时期。

② 9年，王莽废汉帝自立，改国号为"新"；23年，王莽"新"朝灭亡，刘玄恢复汉朝国号，建立更始政权；25年，更始政权覆灭。

③ 690年，武则天称帝，改国号为"周"；705年，武则天退位，恢复国号"唐"。

④ 1206年，铁木真建立大蒙古国；1271年，忽必烈定国号为元。

⑤ 1616年，努尔哈赤建立后金；1636年，改国号为清；1644年，明朝灭亡，清军入关。

出版后记

　　"中华古诗文经典诵读工程"于1998年由中国青少年发展基金会发起。作为诵读工程指定读本的《中华古诗文读本》于同年出版。二十五年来，"中华古诗文经典诵读工程"影响了数以千万计的读者，《中华古诗文读本》因之风行并被称誉为"小红书"。

　　为继续发挥"小红书"的影响力，方便读者从中汲取中华优秀传统文化的养分，中国青少年发展基金会、中国文化书院、陈越光先生与中国大百科全书出版社决定再版"小红书"，并且同意再版时秉持公益精神，践行社会责任，以有益于中华传统文化普及与中小学生文化素养提高为首要目标。

　　"小红书"已出版二十五年。为给读者更好的阅读体验，在确保核心文本不变的前提下，我们征求并吸取了广大读者的意见，最后根据意见确定了以下再版原则：版本从众，尊重教材；注音读本，规范实用；简注详注，相得益彰；准确诵读，规范引领；科学护眼，方便阅读。可以说，这是一套以中小学生为中心的中国经典古诗文读本。

　　"小红书"以其中国特色、中国风格、中国气派、中国思想而备受读者青睐，使其畅销多年而不衰。三百余篇中国经典古诗文，不仅是中华民族基本思想理念的经典诠释，也是中华儿女道德理念和规范的精彩呈现。前者如革故鼎新、与时俱进的思想，脚踏实地、实事求是的思想，惠民利民、安民富民的思想等；后者如天下兴亡、匹夫有责的担当意识，精忠报国、振兴中华的爱国情怀，崇德向善、见贤思齐的社会风尚等。细细品之，甘之如饴。

四十余年来，中国大百科全书出版社坚守中华文化立场，一心一意为读者出版好书，积极倡导经典阅读。这套倾力打造的《中华古诗文读本》值得中小学生反复诵读，希望大家喜欢。

由于资料及水平所限，书中不妥之处在所难免，敬请读者批评指正，我们将不胜感激！

2023 年 6 月 6 日